Guía de lectura

Escrita por Baptiste Frankinet
Traducida por Marta Sánchez Hidalgo

Bel Ami

de Guy de Maupassant

Entiende fácilmente la literatura con

ResumenExpress.com

www.resumenexpress.com

GUY DE MAUPASSANT

NOVELISTA Y ESCRITOR DE NOVELAS CORTAS FRANCÉS

- **Nacido en 1850 en Tourville-sur-Arques (Francia)**
- **Fallecido en 1893 en París (Francia)**
- **Algunas de sus obras:**
  - *Bola de sebo* (1880), cuento corto
  - *Los cuentos de la becada* (1883), selección de cuentos
  - *Bel Ami* (1885), novela

Guy de Maupassant, nacido en 1850, es un escritor francés autor de seis novelas y de cerca de trescientos cuentos. Pasa su juventud en Normandía donde empieza a estudiar derecho. En 1870 se alista como voluntario en la guerra franco-prusiana y luego se instala en París donde trabaja como funcionario. Gustave Flaubert, que es amigo de su madre, lo toma bajo su protección y lo introduce en el mundo literario. Por eso frecuenta escritores realistas y naturalistas como Émile Zola. De 1880 a 1890 escribe novelas (*Una vida, Bel Ami*) y muchos relatos cortos realistas (*Bola de sebo, La casa Tellier*, etc.) o fantásticos (*El Horla, El miedo*, etc.) en los que mostrará su visión pesimista de la sociedad. Cae en la locura en 1890 y muere en 1893.

BEL AMI

UN CUADRO DE LA SOCIEDAD

- **Género:** novela realista
- **Edición de referencia:** de Maupassant, Guy. 2001. *Bel Ami*. Traducido por Carlos de Arce, Madrid: Editorial Debate
- **Primera edición:** 1885
- **Temáticas:** mujer, amor, medio profesional, ascensión social, colonialismo

Bel Ami es una novela realista publicada en 1885 y retrata la ascensión social de Georges Duroy, un provinciano que llega a París. Maupassant aprovecha para describir la sociedad en la que vive y para criticar la política colonial, la influencia de las mujeres en el mundo profesional y, sobre todo, el mundo de la prensa. A través de su héroe, el autor muestra parte de su propia experiencia y en ocasiones Georges Duroy parece la transposición literaria de Maupassant.

A muchos directores y guionistas les ha seducido el realismo de la historia y han contribuido con sus adaptaciones a hacer de la novela un éxito intergeneracional.

RESUMEN

PRIMERA PARTE – DE UNA VIDA MEDIOCRE A UNA SITUACIÓN CÓMODA

Georges Duroy, un antiguo soldado que vive en París, tiene una gran ambición: triunfar en la vida. El azar le hace reencontrarse con un antiguo camarada del regimiento: Charles Forestier. Este goza de un buena posición social, puesto que es redactor político en *La vie française*. Anima profundamente a su amigo a que siga su propia vía y le da un empujón a su carrera, invitándolo a cenar a su casa.

A la cena asisten también al señor y la señora Forestier; la señora de Marelle, una amiga de la pareja, con su hija; y el señor Walter, el jefe de *La vie française,* y su esposa. Las tres mujeres no dejan de admirar el espíritu de Duroy y el señor Walter le propone contratarlo como empleado y redactor de una pequeña crónica en la que tendrá que contar sus recuerdos de la guerra. Pero, enseguida, Duroy se da cuenta de sus carencias en este tipo de ejercicio que nunca ha practicado. Así que le pide ayuda a su amigo Forestier que encarga a su mujer dicha tarea, ya que es experta en el arte de escribir crónicas. A partir de la mañana siguiente, Duroy se siente feliz al leer su artículo. Poco a poco se familiariza con las tareas cotidianas del periódico, pero no progresa en el arte de escribir y se ve obligado a abandonar su crónica.

Sigue los consejos de la señora Forestier que le propone visitar a la señora de Marelle. Pronto se dedicará a cortejarla, aunque ella esté casada. Cede a las intenciones de Duroy, que ella llama Bel ami, y se convierte en su amante. Sin embargo, Duroy se ve forzado a tener más comodidades de las que se puede permitir. Multiplica sus deudas y sus préstamos, y se ve obligado a aceptar, a su pesar, los obsequios financieros de la señora de Marelle, que es mucho más rica que él. Sin embargo un día se entera de que sigue cortejando a otras mujeres y decide abandonarlo al momento.

Duroy aprovecha la ocasión para cortejar a la señora Forestier. Ella lo rechaza y le aconseja que visite a la señora Walter. Sigue su consejo y demuestra su perspicacia y malicia ante un grupo de invitados que estaban presentes allí. A l día siguiente, le otorgan un puesto más importante con un mejor salario y desde ese momento lo invitarán a todas las comidas que organiza la familia Walter. Desde entonces, Duroy está en el mismo nivel social que Forestier. Éste, sin embargo, abandona París y se marcha a Cannes por motivos de salud.

Duroy, que trabaja como redactor mundano gracias a su poder de seducción, ve aparecer enemigos en su entorno. Un anónimo de un periódico de la competencia lo critica duramente. Cuando descubre su identidad, lo reta en duelo. Por suerte, los disparos no alcanzan a ninguno de los dos enemigos. Duroy sale airoso del duelo, lo que le ofrece una posición mucho mejor en seno del periódico.

Los día siguientes, Madeleine Forestier escribe a Bel Ami para decirle que su marido tiene los días contados. Duroy corre al lecho de su amigo y vive su muerte unos días más tarde. Mientras vela el cuerpo, se arma de valor y se atreve a confesar por segunda vez su amor a Madeleine. Ella le pide paciencia.

SEGUNDA PARTE – HACIA EL RECONOCIMIENTO SOCIAL

Madeleine se casa con Bel Ami, pero le pide que se haga pasar por un noble de fuera de la capital: Roy de Cantel. Insiste en visitar a los padres de su esposo, pero Madeleine es muy diferente de la familia Duroy. Esta discrepancia es la primera dificultad, pero luego surgen otros problemas: Bel Ami reemplaza a Forestier en sus funciones y la comparación es difícil de sobrellevar. Además, los allegados de la pareja Forestier (el conde de Vaudrec, Laroche-Mathieu, etc.) van a casa de los esposos como si nada hubiera cambiado.

Por estas razones y sobre todo porque Madeleine permanece en silencio ante estos contratiempos, Duroy se aleja de su mujer y vuelve a quedar con la señora de Marelle. Además, seduce a la señora Walter. Ésta cede a sus intenciones con muchos remordimientos.

En el periódico, una campaña de prensa organizada por Madeleine y Duroya acaba con el ministerio de Asuntos exteriores. Gracias a ello, Laroche-Mathieu se hace ministro y el periódico se convierte desde entonces en la herramienta principal de comunicación del ministerio de Asuntos extranjeros. Además, *La vie française* deja de ser un periódico de segundas y se convierte en un referente en el mundo de la prensa. Bel Ami aprovecha para retomar su crónica.

Sin embargo, el ministerio engaña voluntariamente a Duroy en su beneficio. Da a entender en la prensa que Francia se desinteresa de Marruecos y deja a España el control del país. Sin embargo, ordena poco después invadir militarmente Marruecos. Pero, como la opinión pública ignoraba este asunto, las tasas de los préstamos marroquíes no han aumentado. Por su parte, Laroche-Mathieu y otros aprovechan para volver a comprar a bajo precio parte de este préstamo, antes de que lo compre Francia a un precio muy alto. El ministro, Walter y otro amigos, se están enriqueciendo en secreto a espaldas de Duroy. La señora Walter, bajo el hechizo de Bel Ami, le revela el asunto y le propone comprar parte del préstamo. Éste acepta, pero está decepcionado por la relación demasiado sentimental que tiene con la mujer de su jefe. La abandona sin ningún reparo.

Poco después, el conde de Vaydrec, un buen amigo de Madeleine, sufre su peor momento. Viéndose a las puertas de la muerte, lega el conjunto de su fortuna a su amiga. Duroy, ofendido porque está excluido del testamento, reclama la mitad de la herencia para no tener que soportar la vergüenza de parecer un marido engañado. A partir de ese momento, Duroy y Madeleine poseen una fortuna de varios millones.

Sin embargo, esto no es suficiente para Bel Ami. Su jefe ha ganado cerca de 50 millones en el asunto de Marruecos y se ha convertido en uno de los hombres más ricos del mundo. La señora Walter intenta de alguna forma que Bel Ami se benefice también, pero Duroy se aparta visiblemente de ella. Sólo le interesa Suzanne, la hija menor de la pareja Walter. Durante una comida organizada en la nueva morada de los Walter, Bel Ami observa el afecto de Laroche-Mathieu hacia

Madeleine. Decide aprovecharse de que su mujer le es infiel, aunque su infidelidad lo pone en una situación delicada. Unos días más tarde, Duroy sorprende a Laroche-Mathieu y a Madeleine in fraganti y se ve obligado a pedirle el divorcio. La prensa se adueña del asunto y acaba con el ministro. El periódico, lejos dejarse arrastrar por la caída del ministro, prefiere hundirlo y sale victorioso.

Los meses siguientes confirman el éxito completo de Duroy: consigue convencer a Suzanne para que se case con él y para forzar a los padres de la joven a que acepten el matrimonio, la rapta. Walter, engañado, acepta aunque su esposa caiga en una especie de locura cuando ve a su antiguo amante convertirse en esposo de su hija.

La consagración de la carrera de Bel Ami llega con su boda. La iglesia de la Madeleine está abarrotada por la boda, como si se tratara de la de un rey. Es la apoteosis de su ascensión.

ESTUDIO DE LOS PERSONAJES

LOS PERSONAJES MASCULINOS

Georges Duroy/Bel Ami

Georges Duroy se presenta al principio como un personaje común. Sin embargo, su carácter está marcado por una increíble ambición: quiere ser rico y poderoso, quiere superar a todo el mundo con sus triunfos.

A lo largo de la novela, el héroe sigue un recorrido progresivo. A excepción de la primera fase que atraviesa con la ayuda de Forestier, el resto de las etapas de su ascensión se realiza por mediación de una mujer: Madeleine, la señora Walter y luego Suzanne Walter. Bel Ami es consciente del encanto que transmite a las mujeres, pero curiosamente, las victorias que consigue con facilidad, no les sirve del todo para triunfar. Duroy es inteligente y no quiere destacar rápido. Aunque su carrera mejore, dedica tiempo a dominar cada tarea que le encargan. Así se convierte en un profesional de la escritura, su perspicacia se vuelve cada vez más aguda y su carácter se endurece progresivamente. Además, su triunfo debe mucho a su conocimiento del medio social, moral y político en el que evoluciona poco a poco. Es el típico ejemplo del oportunista.

Algunos han visto un reflejo de Guy de Maupassant en el personaje de Georges Duroy. Es cierto que el parecido es grande: mismo físico, misma trayectoria, misma determinación para triunfar. Puede que Maupassant esté contando su propia historia a través de la de su héroe.

Charles Forestier

En los primeros capítulos, Forestier parece un triunfador: tiene un excelente empleo, una bella mujer y lleva una vida mundana. Para Duroy, es el modelo a seguir, la fuerza tranquila que logra todo con facilidad.

Sin embargo, Forestier no tiene un carácter tan fuerte como el de Bel Ami. El lector constata que posee grandes límites: es una marioneta manipulada por su mujer, a la que debe todo su triunfo; tiene una salud frágil; el miedo a la muerte le obsesiona hasta sus últimos momentos.

A lo largo de la historia, Forestier no asume el papel de modelo, pero Duroy y él están a la misma altura. Después de su muerte, cuando Duroy ocupa su lugar en el trabajo, se convierte en el hombre odiado, al que han superado y desprecian.

Laroche-Mathieu

Laroche-Mathieu es un político sin consistencia, sólo le guía el afán de lucro. En el fondo, no es el responsable de su propio éxito; triunfa porque hay otros que contribuyen a ello: Walter es su alter ego en política y Madeleine le organiza su campaña de promoción. Para su desgracia, no consigue evitar las trampas y le supera alguien superior. No supera el escándalo que ha provocado la confesión de adulterio.

El señor Walter

El señor Walter, rico, sediento de fuerza, de poder y de dinero que gana con facilidad, creó el periódico para asegurar sus acciones en bolsa y no quiere hacer un elemento de prensa reconocido. Sin embargo, mientras explota a todo el mundo, obliga a Duroy a defender el honor arriesgando su vida. Es un personaje manipulador que quiere engañar a todo el mundo. Cuando Bel Ami le estafa, reconoce su derrota y le da la mano de su hija..

LOS PERSONAJES FEMENINOS

Clotilde de Marelle

Es la primera victoria sentimental y mundana de Duroy, para él es un apoyo permanente y el objeto de un deseo recurrente, incluso después de las dos bodas de Bel Ami. Este vínculo que él siente con ella está sin duda relacionado con el hecho de que no ha tenido que seducirla por una promoción social.

Madeleine Forestier-Duroy

Madeleine es una mujer atractiva y misteriosa, no desvela nada de sus orígenes. Su serenidad y calma son admirables, le permiten superar todo tipo de situaciones, hasta las más vergonzosas. Administra su vida con hombres de negocios y no se entrega a un hombre hasta que está segura de que ganará algo a cambio: Forestier le sirve como portavoz; Duroy retoma el oficio de éste; el conde de Vaudrec le asegura una dote y riquezas; Laroche-Mathieu le asegura la presencia de la buena sociedad en su salón. También es la imagen de la mujer moderna que dirige su propia vida, que utiliza a los hombres para su provecho, a veces a pesar de ellos, que sitúa la libertad por encima de cualquier valor y, sobre todo, por encima de la felicidad.

La señora Walter

Al principio de la novela, la señora Walter encarna la mujer honesta y fiel a su marido, aunque no le quiera. Nunca ha vivido una historia de amor. Luego, cuando Bel Ami sale de su vida, se cuestiona todos sus principios y se entrega a él. Pero este don se hace con esfuerzos, puesto que sigue debatiéndose entre la razón y la pasión.

Es ingenua en sus relaciones amorosas. Sin embargo sabe mostrarse astuta en sus negocios, y entiende bien las situaciones políticas y económicas. Además, hace que Bel Ami se beneficie de su inteligencia.

Cuando éste la abandona, queda herida y adopta una actitud piadosa y arrepentida. Con el anuncio de la nueva boda de Duroy, comienza a no soportar la situación en la que se encuentra. Llega casi a odiar a su hija porque su antiguo amante la prefiere. No puede controlar su pasión y se vuelveloca.

Suzanne Walter

Suzanne es, según su madre, una niña ingenua. Ha crecido en un ambiente burgués que no le ha preparado para los engaños de la vida real. Sus sueños e ideas que tiene del amor la ciegan y le impiden reaccionar con inteligencia. Su corazón es virgen y puro. Se deja llevar por las promesas de Bel Ami y actúa con toda la obstinación de su juventud.

A ojos de Bel Ami, ella es sólo un reto a pesar de sus encantos: es su pasaporte hacia una vida deseada por todos.

CLAVES DE LECTURA

LAS MUJERES Y EL AMOR

Las mujeres no representan a las esposas perfectas o amantes idealizadas como es el caso de la mayoría de las novelas de generaciones anteriores. Tienen un papel nuevo y muy particular: permiten las ascensión social. Bel Ami sigue este principio y no tiene tiempo de querer a una mujer puesto que cada relación le permite superar una etapa y lo anima a pasar a la etapa y mujer siguientes.

Pero que las mujeres permitan el triunfo no impiden que practiquen ellas también el adulterio. Engañan a sus maridos con o sin su consentimiento. Y esta regla atañe a todas las mujeres: Clotilde y Madeleine, más liberadas, pero también y sobre todo la señora Walter, burguesa y cristiana. El amor no es posible entre estos personajes puesto que viven juntos mintiéndose e ignorándose por completo.

Asimismo, el matrimonio no se ve como un acto de amor, sino todo lo contrario. Es, según las palabras de Madeleine, una «asociación» que reclama ante todo una libertad total en el seno de la relación matrimonial. Además, al final de la novela, el matrimonio es una consagración personal para Duroy.

En resumen, hay dos tipos para Bel Ami: o educadoras libres que le permiten tener confianza en sí mismo y formarse para el mundo, como Madeleine y Clotilde; o simples trampolines hacia un triunfo social, como las mujeres Walter.

UNA SÁTIRA DE LA PRENSA

Bel Ami muestra que el periódico es la primera fuerza de un régimen, sea el que sea. Y el periódico de esta novela es *La vie française.*

Un periódico debe ante todo su reputación a su imagen exterior. Hay que imponerse a los otros y es lo primero que hace el periódico, principalmente cuando nos muestra que toda la redacción se entrega al juego. También ocurre lo mismo cuando Walter contrata a Dulroy y acepta el duelo de la persona que se atreve a criticarlo abiertamente.

El núcleo del periódico son los *Ecos*: «Gracias a ellos se lanzan las noticias que hacen correr rumores, que conmueven al público, e influyen en los fondos públicos» (Maupassant 2001, cap. VI). Duroy, jefe de los *Ecos*, se impone como aquel que crea y destruye todo, como el que adivina lo que le gustará al público. La información es sólo la manipulación y el éxito del periódico depende de la habilidad del cronista.

Finalmente, hay que reconocer que en este mundo la prensa es todopoderosa cuando se hace cómplice de la política. Por medio de la prensa Duroy consigue construir el personaje de Laroche-Mathieu, el futuro ministro, la persona ideal para la función, pero también consigue demolerlo sin escrúpulos por unas líneas incisivas. La prensa y el dinero dominan la política y dirigen el conjunto de la Tercera República.

UNA NOVELA ENTRE REALISMO Y NATURALISMO

Cuando la novela se publica, se la considera una novela realista:

- de hecho, Maupassant describe un universo real: el dinero, la política y el periodismo son temas realistas ya abordados por Balzac (creador del realismo en la literatura, 1799-1850);
- los personajes encarnan pasiones y vicios y son verosímiles gracias a las descripciones puntillosas del autor y a sus propios caracteres;
- la novela se inscribe en un contexto claramente unido a una época real: la Tercera República. «El asunto tunecino» que sacudió al mundo financiero francés en 1881 se retoma punto por punto en «el asunto marroquí».

Algunos han considerado *Bel Ami* una novela naturalista. Es cierto que el conjunto de los detalles que definen el retrato del personaje, la agitación de las personas en un mundo de beneficios y, sobre todo, la elección de un lugar preciso como punto de estudio son muchas similitudes con la novela *El dinero* de Zola (la figura más importante del naturalismo, 1840-1902). Maupassant habla de las gracias a su experiencia y esto le permite describirlas con todo lujo de detalles. En este sentido, adopta una perspectiva naturalista: Maupassant sitúa a los personajes en un campo preciso de existencia, el del dinero y la prensa, y observa su evolución en el campo.

Pero, al contrario de Zola, Maupassant se niega a hacer de su novela un estudio científico global. De esta forma, elige ciertos medios sociales que describe con prioridad: burgueses, nobles, ricos y nuevos ricos. La gente común está excluida de su obra. Además, la intriga dirige la novela de Maupassant: la muerte de Forestier deja la vía libre a Duroy para casarse con Madeleine, no hace falta que se case con ella por la Iglesia para poder casarse con Suzanne después. Todo está construido para mantener la intriga y no para estudiar las posibles reacciones de un personaje concreto en un lugar concreto.

¿SABÍA QUE...? EL NATURALISMO

El naturalismo es una prolongación del realismo. Los escritores naturalistas quieren mostrar que el hombre obedece a una doble determinación: por un lado está influido por la herencia biológica, por otro lado por el medio en el que vive. Para ello, los escritores aplican en sus obras un método científico: después de observar la realidad, formulan una hipótesis y la verifican a través

de la experimentación. Entonces colocan a un personaje determinado en una historia precisa y generan una
sucesión de hechos que obedece al doble determinismo
citado con anterioridad. Este proceso, que pretende ser
científico, tiene que conducir a un mejor conocimiento
del hombre.

RASGOS AUTOBIOGRÁFICOS

Maupassant dota a sus héroes con sus rasgos, su bigote, su gusto por las mujeres y sus propias angustias. Los dos viven experiencias comunes y tienen trayectorias parecidas. Sin embargo, *Bel Ami* es y sigue siendo una ficción, no una novela autobiográfica.

Hay que recordar que la autobiografía se define como «una novela introspectiva en prosa que una persona real hace de su propia existencia, porque destaca su vida individual, en particular la historia de su personalidad»[1] (definición de Philippe Lejeune, 1975). En una autobiografía hay correspondencia entre el autor, el narrador y el protagonista.

Podemos encontrar las premisas de una idea que desarrollará más tarde Proust (escritor francés, 1871-1922) en sus novelas: la de hacer una descripción de un ambiente mundano y establecer una curiosa similitud de rasgos entre el protagonista y el autor. Proust tendrá que justificarse por haber redactado novelas autobiográficas que presentan

---

1. Cita traducida por ResumenExpress.com

al narrador o al protagonista como un «yo» distinto del autor real. También podemos imaginar con facilidad que Maupassant haya actuado como Proust con *Bel Ami.*

Por otro lado, creemos que *Bel Ami* tiene una gran presencia de autotextualidad. Con Georges Duroy, Maupassant reutiliza el personaje del capitán Épivent, que surgió en *Gil Blas*. También retoma el tema de los maridos celosos de su amigo muerto (Forestier) que ya había presentado en un relato llamado *El vengador.*

PISTAS PARA LA REFLEXIÓN

ALGUNAS PREGUNTAS PARA PROFUNDIZAR EN SU REFLEXIÓN...

- Explique las características que hacen que esta novela sea una novela de aprendizaje. ¿Podemos considerar a Georges Duroy un héroe? Justifique su respuesta.
- ¿Por qué, después de la muerte de Forestier, Bel Ami siente repulsión por el que fue su amigo?
- ¿Cómo se representa el mundo de la prensa? ¿En qué aspecto constituye la novela una sátira de la prensa?
- ¿Cómo describe Maupassant el mundo burgués de su época? ¿Cree que busca transmitir una crítica de este universo?
- ¿Se puede considerar esta novela una novela negra?
- En su opinión, ¿esta novela pertenece a la corriente realista o a la naturalista?
- ¿Cree que podemos considerar *Bel Ami* una autobiografía?
- Esta novela ha sido objeto de numerosas adaptaciones televisadas. ¿Por qué cree que se adapta tan bien a la pantalla?

¡Su opinión nos interesa!
¡Deje un comentario en la página web de su librería en línea,
y comparta sus favoritos en las redes sociales!

PARA IR MÁS ALLÁ

EDICIÓN DE REFERENCIA

- de Maupassant, Guy. 2001. *Bel Ami*. Traducido por Carlos de Arce, Madrid: Editorial Debate.

ESTUDIO DE REFERENCIA

- Botterel, Catherine y Gérard Delaisement. 1999. Bel-Ami *de Guy de Maupassant*. París: Hatier, colección *Profil d'une oeuvre*.

ADAPTACIONES

Bel Ami ha sido objeto de numerosas adaptaciones cinematográficas y televisadas. Citamos la última de entre ellas:

- *Bel Ami*. Dirigida por Declan Donnellan y Nick Ormerod, con Robert Pattison y UmaThurman. Reino Unido, Francia, Italia, 2012.

EN RESUMENEXPRESS.COM

- Guía de lectura de *Bola de sebo* de Guy de Maupassant.

ResumenExpress.com